# CHANTS
## DU
# BERRY

### PAR

## V. BARON

Detenu politique

### AVEC UNE INTRODUCTION PAR F. PYAT.

***

## PRIX DE L'OUVRAGE EN 4 LIVRAISONS : 50 C.

***

Pour s'en tenir au lot que vous lui faites.
Le pauvre peuple a besoin de chansons.

BÉRANGER.

NEVERS,

TYP. DE REGNAUDIN-LEFEBVRE.

1850.

# CHANTS DU BERRY.

## LA RESTAURATION DU PAPE.

AIR : *Alleluia.*

Notre Saint-père est rétabli ;
Napoléon sera béni
Par tous les fils de Loyola.
　　　Alleluia !
　　　Et qui vivra,
　　　Verra cela !
　　　Alleluia !

Nous allons voir surgir enfin
Moines, bedeaux et capucin ;
Au lutrin, Barrot chantera :
　　　Alleluia ! etc.

Du matin au soir, à genoux,
Le révérend père Falloux
Rend grace à Dieu de tout cela.
    Alleluia ! etc.


La Liberté va fermer l'œil,
Et descendre dans le cercueil ;
Montalembert l'enterrera.
    Alleluia !


C'est alors qu'on verra soudain
Pleurer Pyat, Ledru-Rollin ;
Mais à la droite, on chantera :
    Alleluia !

Puis quand le peuple souverain
Sera sans travail et sans pain,
S'il en demande, on lui dira :
    Alleluia !
      Et qui vivra
      Verra cela :
    Alleluia !


            ( Août, 1849.)

# REVUE DE MA CHAMBRE.

Air : *d'Aristipe.*

Noir cabinet que pour six mois j'habite,
Il neige, il pleut, le vent siffle dehors ;
C'est aujourd'hui qu'enfin je te visite ;
Etale-moi franchement tes trésors.
Sur tes vieux murs que de noms je révère !
Les uns nouveaux et les autres anciens :
D'abord Cantin, puis Pérard, de Sancerre ;   (1)
Ce sont bien-là des noms républicains !

Mais j'aperçois là-bas près de la porte,
Deux ou trois noms esquissés au charbon ;
Je les lirai d'une voix lente et forte :
Meunier, Ragon, Foucher et Parnajon.   (2)
Pauvres amis que deux mois l'arbitraire
A retenus entre ces murs malsains,
J'épellerai vos noms pour me distraire :
Ce sont bien-là des noms républicains !

Voici tout près une autre signature ;
Approchons-nous ; je veux la lire aussi ;
Ailleurs déjà j'ai vu cette écriture :
C'est Desmoineaux, le maire de Précy.   (3)
Il fut ici conduit par des gendarmes ;

Voir les notes à la fin du volume.

Comme aux voleurs, on lui lia les mains.
Combien sa femme a dû verser de larmes !
On traite ainsi les vrais républicains !

Mais j'oubliais, dans ma course rapide,
Deux autres noms que chacun connaît bien :
Voici Foultier, démocrate intrépide !   (4)
Qu'a-t-il donc fait de son bonnet phrygien ?
Voici Moreau, qui d'une voix sonore,   (5)
A fredonné d'indépendants refrains ;
Je suis certain qu'il les fredonne encore.
Salut à vous, braves républicains !

Je vois enfin, quoique lisible à peine,
Un autre nom que chacun sait par cœur :
Que tant de gloire étouffe toute haine :
Salut, Michel ! courageux orateur !   (6)
Tu fais, sans cesse, au déclin de ton âge,
Pour nos amis des efforts surhumains ;
Tant de vertus et de noble courage
Te font bénir par les républicains.

Et maintenant, permettez-moi, mes frères,
Près de vos noms d'inscrire aussi le mien ;
J'ai pour subir mes six mois de misères   (7)
Un doux espoir qui me sert de soutien :
Oui, ce présent si rempli de tristesse,
Aura pour nous de joyeux lendemains :
Alors nos fils dans leurs chants d'allegresse,
Célèbreront nos noms républicains !

(Prison de Bourges, mars 1850.)

## AUX OISEAUX.

AIR : *Dans un grenier qu'on est bien à vingt ans.*

Tous les matins, dans cette cour déserte,
Vous que je vois à travers des barreaux,
Ne fuyez pas ; ma fenêtre est ouverte :
Pour le captif, chantez, petits oiseaux !
Ainsi que vous, jadis sous le feuillage,
Libre et joyeux, bien des fois j'ai chanté !
Que le bon Dieu vous garde de la cage ;
Rien ici-bas ne vaut la liberté !

Aimez-vous bien, caressez-vous sans cesse ;
Avril revient : c'est le mois des amours ;
Gentils oiseaux, comme l'humaine espèce,
Loin du bonheur, ne perdez pas vos jours !
Il m'en souvient, dans mon humble village,
Je fus heureux, malgré ma pauvreté.
Que le bon Dieu vous garde de la cage ;
Rien ici-bas ne vaut la liberté !

Vous ramassez du duvet, de la mousse
Pour vous construire un nid dans les rameaux ;
A ce labeur, un doux instinct vous pousse,
Oh ! redoublez d'ardeur, petits oiseaux !
Pour le travail, j'avais votre courage ;
Mais il s'éteint dans la captivité.

Que le bon Dieu vous garde de la cage ;
Rien ici-bas ne vaut la liberté !

Puissiez-vous voir grandir votre couvée
Loin des vautours, des buses, des milans,
Et qu'à l'instant de prendre leur volée,
Il ne vous manque aucun de vos enfants ;
J'ai délaissé les miens dans leur jeune âge :
Aussi de pleurs mon œil est humecté.
Que le bon Dieu vous garde de la cage ;
Rien ici-bas ne vaut la liberté !

Ne fuyez pas ; encore une parole :
Dans les sanglots s'éteint ma faible voix ;
Ma femme pleure, et mon fils se désole :
Ici, loin d'eux, je dois souffrir six mois.
Par vos doux chants, durant mon esclavage,
Chassez l'ennui de mon cœur attristé.
Que le bon Dieu vous garde de la cage ;
Rien ici-bas ne vaut la liberté !

(Prison de Bourges, mars 1850.)

---

## MES DEUX BOEUFS.

### AU CITOYEN PIERRE DUPONT.

Air : *Ma Normandie..*

J'ai deux grands bœufs dans mon étable,
Comme dit un refrain joyeux ;

Tandisque nous sommes à table,
Je vais vous parler de mes bœufs ;
Pour dissiper toute colère,
Commençons par boire en chantant :
Chacun son goût, moi je préfère
Le rouge au blanc, le rouge au blanc.

L'un est blanc, et je vous confesse
Que cela m'afflige beaucoup ;
L'autre est rouge, il a ma tendresse ;
A sa santé buvons un coup !
Mon rouge est fort et sait tout faire,
Le blanc n'est qu'un gros fainéant,
Et voilà pourquoi je préfère
Le rouge au blanc, le rouge au blanc.

Quand nous allons à la charrue,
Le blanc simule de tirer,
Et tandis que le rouge sue,
L'autre ne sait pas s'échauffer.
Pour du courage, il n'en a guère ;
Le rouge en a cent fois autant ;
Et voilà pourquoi je préfère
Le rouge au blanc, le rouge au blanc.

Quand nous rentrons à l'écurie,
Le blanc court vite au ratelier ;
Il mange, mange avec furie
Le foin, la paille et le fumier :
Le rouge est très sobre au contraire ;

Un peu de foin le rend content ;
Et voilà pourquoi je préfère
Le rouge au blanc, le rouge au blanc.

Enfin, terminons cette histoire :
De mon bœuf blanc ne parlons plus ;
Je vais le conduire à la foire :
A qui le veut pour dix écus.
De quelque sot fait-il l'affaire ?
Je le cède pour peu d'argent,
Car je sais qu'en France on préfère
Le rouge au blanc, le rouge au blanc.

(Prison de Bourges, avril 1850)

---

## CHANT DES EXILÉS.

AIR : *Tes deux jolis yeux.*

### REFRAIN.

Malheureux proscrits !
De notre pays,
De nos vieux amis,
Rien ne nous console ;
Loin de nos amis,
Malheureux proscrits,
Notre âme s'envole
Vers notre pays.

Nous t'aimions tous, ô noble France !
Berceau de la fraternité,
Nous voulions ton indépendance ,
Ta gloire et ta prospérité.
  Malheureux etc.


O travailleurs, nos pauvres frères,
Nous désirions avec ardeur,
Sur vos jours couverts de misères ,
Répandre un rayon de bonheur.
  Malheureux etc.


Nous désirions que le dimanche,
Sans nul souci du lendemain,
Vous eussiez tous chemise blanche,
Du repos, du pain et du vin.
  Malheureux etc.


Nous demandions pour vos familles
Un peu de paix et de bonheur ;
Que pour du pain, vos pauvres filles
Ne vendissent plus leur honneur.
  Malheureux etc.


Nons voulions pour vous une place
Au banquet de l'humanité ;
Du travail et non la besace :
Le droit et non la charité.
  Malheureux etc.

O travailleurs, o prolétaires,
Vous que nous avons tant aimés,
Songez quelquefois à vos frères :
Souvenez-vous des exilés. ·

Malheureux proscrits !
De notre pays,
De nos vieux amis,
Rien ne nous console ;
Loin de nos amis,
Malheureux proscrits,
Notre âme s'envole
Vers notre pays.

(Prison de Bourges, mars 1850.)

## LE VIEUX MENDIANT.

AIR : *Passants, soulagez ma misère.*

Enfants, un instant de silence :
Je chante pour gagner mon pain ;
Ayez pour moi de l'indulgence :
Je suis un vieux républicain.

Depuis quatre vingts ans, mes pieds foulent la terre ;
Tous ses divers pays se ressemblent entr'eux ;
Ici, c'est la misère, et là-bas la misère :
Sanglots dans tous les cœurs, et pleurs dans tous les yeux
    Enfants etc.

Notre vie ici-bas est un pèlerinage ;
Nous partons du berceau pour aller... Dieu sait où.
La tombe est-elle enfin le but de ce voyage ?
Le plus sage l'ignore autant que le plus fou.
       Enfants etc.


Je n'appris jamais rien : les savants me font rire
Avec leurs manuscrits, leur bouquins des vieux temps;
Leur savoir, par ma foi, ne vaut pas le sourire
D'une rose entr'ouverte au souffle du printemps.
       Enfants etc.


Mais j'ai vu, partout vu la pauvre espèce humaine
Se déchirer les pieds aux cailloux du chemin ;
J'ai vu dans bien des cœurs moins d'amour que de haine,
Dans bien des champs, l'ivraie étouffer le bon grain.
       Enfants etc.


J'ai vu plus d'un héros avoir pour récompense
Un billet d'hôpital à la fin de ses jours,
Et de vils arlequins qui trahissaient la France ,
Chamarrer de rubans leurs habits de velours.
       Enfants etc.


J'ai vu maint détracteur de ma vieille besace
Se faire humble, petit, plus mendiant que moi,
Ramper et s'avilir pour avoir une place,
Un cordon, un ruban, un sourire de roi.
       Enfants etc.

Hélas ! enfin, j'ai vu... mais non, jetons un voile
Sur tant d'actes bouffons qui nous feraient rougir.....;
Puis, pour une autre pièce, on va lever la toile :
Vous aurez un beau rôle, acteurs de l'avenir !

Merci de votre long silence,
Merci surtout de votre pain ;
Vous avez eu de l'indulgence
Pour le vieillard républicain.

(Prison de Bourges, mai 1850.)

---

## PROJET DE RETRAITE.

Air : *Hier au séjour des damnés.*

Je vois, sur les ailes du temps,
S'envoler ma jeunesse ;
Malgré moi, la tristesse
Vient assombrir mes plus doux chants;
Dans mon délire,
Ma vieille lyre,
Où trouverai-je un sujet qui t'inspire ?
Ce présent, semé de douleurs,
De mon œil fait tomber des pleurs ;
Dans le passé, cherchons des jours meilleurs !
Retournons au village·;
Jadis sous le feuillage,
J'y fus heureux aux jours de mon jeune âge !

Allons, allons, comme autrefois,
　　Quand le soleil se lève,
　　Nous bercer d'un doux rêve
Sur la lisière du vieux bois.
　　　Chante, fauvette,
　　　Ta chansonnette !
Qu'au loin, l'écho du vallon la répète !
　　Mais quoi, je n'ai pour horison
　　Que les murs noirs d'une prison !
Oh ! rendez-moi les fleurs et le gazon !
　　　Retournons au village ;
　　　Jadis sous le feuillage,
J'y fus heureux aux jours de mon jeune âge


　　Oh ! oui, je veux suivre en rêvant
　　　Le ruisseau qui murmure ;
　　　Je veux, sur la verdure,
　　M'étendre encor nonchalemment ;
　　　Dans ma jeunesse,
　　　Avec ivresse,
Là je dormis aux bras d'une maîtresse !
　　Jours de bonheur et de plaisir,
　　Qui ne devez plus revenir,
Je trouve ici votre cher souvenir.
　　　Retournons au village ;
　　　Jadis sous le feuillage,
J'y fus heureux aux jours de mon jeune âge.


　　Enfin, partons : je veux revoir,
　　　Sous de vertes charmilles,
　　　Danser les jeunes filles,

Aux cœurs joyeux et pleins d'espoir,
　　Voilà Lucie,
　　Fraîche et jolie ;
Avec un autre, hélas ! elle m'oublie !
　Mais à mon aspect quel transport !
　La chère enfant me croyait mort :
Pauvres absents, nous avons toujours tort !
　　Retournons au village ;
　　Jadis sous le feuillage,
J'y fus heureux aux jours de mon jeune âge.


　Amis, recevez mes adieux,
　　Je m'en vais solitaire,
　　Vers l'obscur coin de terre
Où dorment mes pauvres aïeux,
　　O Renommée !
　　Vaine fumée,
Que j'ai peut-être autrefois trop aimée,
　Je t'abandonne, et pour toujours ;
　Au bonheur je lègue mes jours.
Vive à jamais le vin et les amours !
　　Retournons au village ;
　　Soyons, sous le feuillage,
Encore heureux, comme aux jours du jeune âge.

( Prison de Bourges, mai 1850.)

## LES SOUHAITS D'UN VIEILLARD.

Air : *T'en souviens-tu, disait un capitaine.*

Un bon vieillard, aux enfants du village
Disait hier avec des pleurs au yeux :
« Je vois encor reverdir le feuillage,
« Et ce printemps me trouve plus heureux;
« Pour vous, enfants, la liberté se lève :
« Le noble peuple a chassé les tyrans.
« O Liberté, tu n'es donc plus un rêve !
« Tu vas briller sur mon dernier printemps. »


« Du Christ enfin le sublime évangile
« Va devenir la loi du genre humain.
« L'œuvre de l'homme, hélas ! toujours fragile,
« Aujourd'hui naît, agonise demain ;
« L'œuvre de Dieu, grande et forte s'élève,
« Et peut braver l'outrage des méchants.
« O Liberté, tu n'es donc plus un rêve!
« Tu vas briller sur mon dernier printemps. »


« Enfants, pour vous combien de jours prospères
« J'ose entrevoir dans l'immense avenir ;
« Tant d'espérance eut enivré vos pères ;
« Mais je suis seul resté pour vous bénir.
« Faut-il sitôt que mon rôle s'achève ?
« Hélas ! faut-il que mes cheveux soient blancs !

« O Liberté, tu n'es donc plus un rêve !
« Tu vas briller sur mon dernier printemps. »


« Faut-il mourir, lorsque,— comme Lazarre,—
« La France sort de son étroit tombeau !
« Des jours humains le ciel est trop avare !
« Oh ! oui la mort est trop près du berceau !
« Pour quelques jours, ô mort, suspends ton glaive,
« Que je finisse au moins mes derniers chants ;
« O Liberté, tu n'es donc plus un rêve !
« Tu vas briller sur mon dernier printemps. »


Au bon vieillard, les enfants dans la plaine,
Font voir un arbre hier par eux planté ;
Il s'agenouille au pied du jeune chêne :
« Je te salue, arbre de liberté !
« A ton aspect mon vieux cœur se souléve,
« Je sens des pleurs dans mes yeux languissants ;
« O Liberté, ne sois jamais un rêve !
« Fais le bonheur de ces joyeux enfants. »

(Mars 1848.)

## L'AVEU DE L'EXILÉ.

### LA FEMME.

Me diras-tu pourquoi
Tu rentres l'œil humide,
Quand sur ce roc aride
Tu viens rêver sans moi ?

### L'EXILÉ.

Au delà de l'onde azurée,
   Là-bas vers l'occident,
Il est une douce contrée
   Dont je rêve en pleurant ;
C'est la France, c'est ma patrie,
   Pays béni des cieux;
Toi, pour qui souvent je l'oublie,
   Viens, Léila, pleurons tous deux.

### LA FEMME.

Ce n'est point là pourquoi
Tu rentres l'œil humide,
Quand sur ce roc aride
Tu viens rêver sans moi.

### L'EXILÉ.

De ce rocher parfois je pense,
   A travers les vapeurs,

2.

Entrevoir les rives de France,
      Et je verse des pleurs ;
Quand le soleil dans l'onde amère
      Se plonge lentement,
Demain, dis-je, il verra ma mère
Qui prie et pleure en m'appelant.

LA FEMME.

      Est-ce bien là pourquoi
      Tu rentres l'œil humide,
      Quand sur ce roc aride,
      Tu viens rêver sans moi ?

L'EXILÉ.

Non loin du paisible village
      Où j'ai reçu le jour,
Il est un vert et doux ombrage
      Où j'ai parlé d'amour ;
Et le soir quelquefois je pense,
      Quand je suis seul ici,
Que là-bas sous le ciel de France,
Un cœur sans moi soupire aussi.

LA FEMME TRISTEMENT.

      Enfin, voilà pourquoi
      Tu rentres l'œil humide,
      Quand sur ce roc aride,
      Tu viens rêver sans moi.

                              1845.

## PAROLES DE CONSOLATION AU PEUPLE.

Air : *Il est un Dieu ; devant lui je m'incline.*

Peuple accablé de besoin, de souffrance,
Dont le repas est un peu de pain noir,
Je vais chanter l'avenir de la France
Pour ranimer en ton cœur quelque espoir.
Puissè-je enfin, par ce chant d'allégresse,
Calmer tes maux que Dieu saura guérir.
Que ce présent en s'envolant te laisse
      Un meilleur avenir !

Peuple, déjà ton sublime courage
A délivré la France des tyrans.
Où sont les rois et leur vil entourage :
Pairs, ducs, marquis, ignobles courtisans ?
Et ce vieux trône ou siégeait la Rapine ?...
Un jour suffit pour tout anéantir:
Peuple, crois-moi, ta vertu te destine
      Un meilleur avenir !

La Liberté, sur le sol de la France,
Que féconda tant de sang généreux,
Doit devenir robuste, grande, immense...
Pour abriter les arrière-neveux ;
Mais si jamais une *herbe parasite*,
Sur ce beau sol essayait de fleurir,
*Arrache-la*, pour obtenir plus vite
      Un meilleur avenir !

Vois-tu partout dans cette Europe antique
Les rois frémir sur leurs trônes tremblants ?
Partout l'on dit : vive la République !
Vivent la France est ses nobles enfants !
Peuple, crois-tu qu'une poignée immonde
De rois, de czars, d'empereurs, de visir
Sauront priver les nations du monde
   D'un meilleur avenir !

Non, non jamais d'infâmes monarchies
N'étoufferont la sainte Liberté !
Les nations, par toi peuple, affranchies
Se confondront dans la Fraternité.
Encore un jour souffre donc en silence,
Séche les pleurs, tous tes maux vont finir ;
L'humanité recevra de la France
   Un meilleur avenir !

      (Juin 1848)

---

## LES MARCHEURS.

### LEÇON D'UN PÈRE A SON FILS.

AIR : *Salut petit cousin germain.*

Le buveur marche en chancelant,
Le jésuite en baissant la tête ;
Le financier en calculant
L'argent qu'il a dans sa cassette ;
Le filou marche doucement

Alors que la nuit est bien noire ;
Mais il faut marcher autrement
Quand on veut attraper la gloire.  } bis.

Un amoureux marche en songeant
Aux divins attraits de sa belle ;
Un écolier en maudissant
L'heure en classe qui le rappelle ;
Un huissier marche bien souvent
En lisant quelque obscur grimoire ;
Mais il faut marcher autrement
Quand on veut attraper la gloire.

A Rome, nos braves soldats
Marchent en faisant la grimace,
Applaudis par les potentats,
Et décorés par Saint Pancrace ;
Plus d'un sera sans doute exempt
De l'enfer et du purgatoire ;
Mais il faut marcher autrement
Quand on veut attraper la gloire !

Certain petit ambitieux
A grands pas marche vers sa chûte ;
Pour ma part je serais heureux
Qu'il fît au plus tôt la culbute.
Vertus, grandeur, gloire ou talent ;
Il ne lègue rien à l'histoire :
C'est qu'il faut marcher autrement,
Quand on veut attraper la gloire.

O mon fils, sois républicain,
Et suis l'exemple de ton père !
Peut-être un jour, *pieds nus, sans pain*,
Nous marcherons à la frontière ;
Là, nous combattrons, mon enfant,
Jusqu'à la mort ou la victoire :
Par ce moyen assurément
Nous arriverons à la gloire !

(Prison de Bourges, avril 1850.)

---

## MORT ET ENTERREMENT DE MONS CAPITAL.

AIR : *Un jour le bon Dieu s'éveillant.*

Mons Capital gros et ventru,
D'un habit noir d'Elbeuf vêtu,
Se promenait l'autre semaine,
Le cerveau creux, la panse pleine,
Avec madame sa moitié
Qu'il épousa sans amitié.
Mons Capital se croit tout sur la terre :
Sans moi, nous dit-il, on ne pourrait rien faire ;
Sans moi l'on ne pourrait rien faire,

Il aperçoit son laboureur
Le front tout couvert de sueur,
Qui sous l'ombrage d'un vieux chêne,
Un instant reprenait haleine,
En mangeant son pain noir et sec
Avec un ognon pour bifteck;

Mons Capital écume de colère :
Quand je n'y suis pas, tu ne peux donc rien faire,
Sans moi tu ne peux donc rien faire.


Il continua son chemin
Tenant sa moitié par la main ;
Tous deux marchèrent en silence.
A quelque cent pas de distance,
S'élevait un grand bâtiment
A Capital appartenant :
De ce château, je suis propriétaire ;
Sans moi dans ce lieu, l'on ne pourrait rien faire,
Sans moi l'on ne pourrait rien faire.


Sur le portail quelques maçons
Faisaient des réparations ;
Mons Capital trouve à redire :
Leur travail est on ne peut pire,
Tandis qu'il les sermone au long,
Sur sa tête un grossier moellon,
Tombe à propos et soudain le fait taire.
La main du bon Dieu ne pouvait pas mieux faire,
Non, Dieu ne pouvait pas mieux faire.


Le lendemain on l'enterra,
Et pas un chien ne le pleura.
Le curé récita des psaumes
Autant que pour vingt pauvres hommes :
Curé, chantres et sacristain,
Chacun récolta son butin,
Puis dans le trou, l'on descendit la bière :

Je prétends, amis, qu'on ne pouvait mieux faire ;
Non, non, l'on ne pouvait mieux faire.

Sa veuve n'avait que vingt ans,
Des cheveux noirs, de blanches dents.
Belle et riche, à la fleur de l'âge,
De rester veuve, est-ce l'usage ?
Elle trouva, pour son bonheur,
A Capital un successeur,
Qui la rendit heureuse sur la terre :
Je ne pense pas qu'elle pouvait mieux faire ;
Elle ne pouvait pas mieux faire,

Dieu répandit sur cette union
Sa céleste bénédiction :
Bientôt s'aggrandit la famille
De deux garçons, puis d'une fille.
Capital avec son orgueil
— Dort pour toujours dans le cercueil.
Certain plaisant écrivit sur sa pierre :
« Sans toi, fainéant, quelque chose on peut faire »
Sans toi quelque chose on peut faire.

(Prison de Bourges, mars 1850.)

---

## LE DERNIER RENDEZ-VOUS.

Ainsi demain, brillante et parfumée,
Au pied des autels, à genoux,
Vous jurerez, vous que j'ai tant aimée,
D'aimer toujours un autre époux ;

Moi, je serai dans la foule indiscrète
Quand passera le cortège joyeux ;
Je serai seul attristé par la fête,
Seul essuyant les larmes de mes yeux.

Ces deux anneaux,— l'un est de votre mère, —
De vous, je les avais reçus ;
Je vous les rends, car il me pourraient faire
Songer aux jours qui ne sont plus.
Je vous remets avec eux une lettre ;
Elle contient des tresses de cheveux.
La conservant, je l'ouvrirais peut-être,
Et l'on verrait des larmes dans mes yeux.

Il ne doit plus exister sur la terre
De secrets communs entre nous ;
Le passé doit pour nous être un mystère,
Après ce dernier rendez-vous.
Pourtant un jour, accablés de tristesse,
Vous ou bien moi, peut-être tous les deux,
Regretterons notre belle jeunesse,
En essuyant les larmes de nos yeux.

---

## COMPLIMENTS DE GROS-JEAN

A LA RÉPUBLIQUE SAGE ET HONNÊTE.

AIR : *J'ai pris goût à la République.*

Glorieuse et chère République,
De vous saluer, j'ons l'honneur ;

Permettez-nous que j'vous explique
Franchement d'où vient not' bonheur ;
Excusez si j'somm's un peu bête :
C'est nous qui s'appelons Gros-Jean,
République sage et honnête,
Et j'vous en fons not'compliment.

Aux premiers temps de vot' naissance,
J'ons eu grand'peur pendant un mois :
D'un bout à l'autre de la France,
On se souvenait d'autrefois ;
Plus d'un craignait de voir sa tête....
Mais c' nétait rien, j'somm's ti content,
République sage et honnête,
J'vous en fons not'compliment.

Quand j'ons vu dans notre village
Planter ceux arbr's de liberté,
J'ons dit : c'est-z-un mauvais présage,
Et j'en ons perdu not'gaîté.
A les couper votr' hâche est prête,
Mordi, taillez donc hardiment,
République sage et honnête,
Et j'vous en frons not' compliment.

On voulait détruir'nos familles,
Partager not'propriété,
Prendre nos femmes et nos filles,
Pour établir l'égalité.
Notre épouse en était inquiète :
Si j'couchons près d'elle à présent,

République sage et honnête,
Je vous en fons not'compliment,


Les révolutionnair's à Rome
Avaient chassé, — las de vauriens, —
Notre saint père, vieux brave homme,
Parc'qu'il aimait les autrichiens.
Vous l'avez r'mis dans son assiette :
Bien qu'ça nous coûte un brin d'argent,
République sage et honnête,
J'vous en fons not'compliment.


Puis pour couvrir les frais d'la guerre,
Vit'vous avez sur les boissons
Rétabli l'impôt salutaire
Qu'avec tant d'plaisir j'payons.
Si le dimanche à la guinguette,
L'ouvrier n'boit plus en chantant,
République sage et honnête,
J'vous en fons not'compliment.


Comme j'devons d'la r' connaissance
A Monsieur votre président
Qui gouverne on n'peut mieux la France
Pour deux à trois millions par an ;
Soyez près d'lui notre interprète ;
Dites-lui que j'nous app'lons Gros-Jean,
République sage et honnête,
Et que j'lui fons not'compliment.

(Prison de Bourges, avril 1850.)

## TE DEUM POUR LA RENTRÉE DU PAPE.

AIR : *Drin, drin, drin.*

Chantez, cagots, chantez à perdre haleine,
Tressaillez d'aise, honnêtes sacristains ,
Le pape est roi, pour vous oh ! quelle aubaine !
Amis, chantons aussi nos gais refrains.
  Plan ran plan, plan ran plan
  Vivent les honnêtes gens !


En étouffant la liberté romaine,
France, tu fis rire les potentats.
En vérité, ce n'était pas la peine
De prodiguer le sang de tes soldats.
  Plan ran plan, plan ran plan, etc.


O roi romain, que d'écus il nous coûte
Pour relever ton fragile fauteuil !
Que de millions entassés sur la route
Qui conduisit au trône ton orgueil !
  Plan ran plan, plan ran plan ! etc.


Nos soldats ont reçu pour récompenses
De leur valeur, de leurs nobles exploits,
Des chapelets, de longues indulgences
Et plein leurs sacs de rubans et de croix
  Plan ran plan, plan ran plan ! etc.

Leurs officiers, — ce n'est pas ridicule,—
Pour récompense ont eu la faculté
Du pape-roi d'aller baiser la mule :
Beaucoup, dit-on, n'en ont pas profité.
    Plan ran plan, plan ran plan ! etc.


Tout est fini : reste à payer la carte :
Ce n'est au plus que soixante millions.
Soyez certain, citoyen Bonaparte,
Qu'à l'avenir pour vous nous voterons.
    Plan ran plan, plan ran plan !
    Vivent les honnêtes gens !

           (Prison de Bourges, mai 1850)

---

## LA DERNIÈRE NUIT DE SARDANAPALE (8).

AIR : *Passez, gais bateliers, sans regarder ces*
*grilles.*


Viens, aimable Myrrha, brune et douce ionienne,
Perle de mon sérail, viens chanter avec moi.
Vois, ma coupe est remplie ; apporte aussi la tienne ;
Buvons à ma santé, car je suis un grand roi !

Comme il est parfumé, l'air qu'ici l'on respire !
Myrrha, laisse flotter tes noirs et longs cheveux.
Combien je t'aime, enfant, et combien je t'admire !
Un baiser, douce amie, un baiser, je le veux.
Esclaves, servez-nous, servez Sardanapale :

Des parfums, des flambeaux, et surtout de vieux vin !
Myrrha, foulons aux pieds ma couronne royale ;
   Je vais m'enivrer sur ton sein.
Viens etc.


Jadis mon noble aïeul, grand faiseur de conquêtes,(9)
Dans ce palais rêvait à d'immortels exploits ;
De rubans et de fleurs, Myrrha, ceignons nos têtes ;
De Chypre emplis ma coupe : à mon aïeul je bois !
Qu'il dorme, ce héros : sa gloire et sa sagesse
Font murmurer son nom par la postérité !
Le bonheur c'est l'amour et la brûlante ivresse ;
   Le reste n'est que vanité !
Viens etc.


Salémène, mon frère à chaque instant m'assure
Qu'au sein de mon empire il est des mécontents.
Je sais bien que le peuple autour de moi murmure ;
Mais qu'importe un vil peuple, un tas de mendiants !
Le destin m'a fait roi, c'est pour régner, je pense.
Chacun son lot : au roi les plaisirs, les honneurs,
Une couronne d'or ; au peuple l'indigence ;
   A nous le fruit de ses labeurs !
Viens etc.


Si ce peuple imbécile osait tout haut se plaindre,
Pour le contenir j'ai, dans mes vastes états,
Des Satrapes nombreux, sachant se faire craindre, (10)
De vaillants généraux, des milliers de soldats;
J'ai des prêtres enfin : le prêtre au peuple enseigne
A vénérer les rois comme images des dieux ;

Tout me soutient, enfant, que veux-tu que je craigne ?

   Aimons, buvons, soyons heureux !

Viens, etc.


Ainsi chantait le roi ; pauvre Sardanapale,

Énivré de baisers, de caresses, de vin,

Il ne soupçonnait pas que son heure fatale,

L'heure de la vengeance était venue enfin.....

Du côté de l'Euphrate un long bruit sourd s'élève ;

Mais il dormait alors, et ne l'entendit pas.

Dors tranquille, o grand roi, ton peuple se soulève :

   En t'éveillant tu trembleras !

Viens, etc.


. . . . . . . . . . . . . .

. . . . . . . . . . . . . .


Que sont-ils devenus, les Satrapes, les prêtres,

Tes généraux vaillants sur lesquels tu comptais?

Tous ils se sont enfuis : tous sont lâches ou traîtres ;

Pas un n'a su mourir au seuil de ton palais !

Enfin, réveille-toi ! holà ! Sardanapale !

Il n'est plus temps de boire ! il n'est plus temps d'aimer!

Mais pourquoi trembles-tu ? pourquoi deviens-tu pâle ?

   Ton peuple avec toi veut compter !

Viens, etc.


Le roi, qui tout puissant s'était couché la veille,

Entend des cris, des chants, une vaste clameur :

Au milieu d'un doux rêve, en sursaut il s'éveille,

Et s'aperçoit enfin que le peuple est vainqueur.

Où se cacher ? — pour fuir où trouver un passage ?

Comme un lâche, il se brûle au sein de son palais ;
Il se fut défendu s'il eut eu du courage ;
     Mais un tyran n'en a jamais !

Viens, aimable Myrrha, brune et douce ionienne,
Perle de mon sérail, viens mourir avec moi.
Puissent les vents mêler ma cendre avec la tienne !
Ne m'abandonne pas, car je fus un grand roi.

         ( Prison de Bourges, mai 1850.)

## AUX JEUNES FILLES.

[AIR : *De la valse de Giselle.*

Vous, qui passez sous ma sombre fenêtre,
Allez aux champs, courez cueillir des fleurs !
Allez ! un jour, jeunes filles, peut-être,
Ainsi que moi, vous verserez des pleurs !

Oh ! du Zéphir quelle est douce l'haleine !
De quels parfums le ciel est embaumé !
Dans les buissons la rose s'ouvre à peine :
Salut ! printemps que j'ai toujours aimé !

Vous, qui passez sous ma sombre fenêtre,
Allez aux champs, courez cueillir des fleurs !
Allez ! un jour, jeunes filles, peut-être,
Ainsi que moi, vous verssez des pleurs !

Le rossignol, dans les rameaux verts chante,
Dès que du jour cesse le bruit confus ;
Sa voix et douce, elle est pure et touchante,
Doux rossignol, ne t'entendrai-je plus ?

 Vous, qui passez sous ma sombre fenêtre,
 Allez aux champs, courez cueillir des fleurs !
 Allez ! un jour, jeunes filles, peut-être,
 Ainsi que moi, vous verserez des pleurs !

Depuis trois jours, la joyeuse hirondelle
Refait son nid longtemps abandonné ;
Si je pouvais voler, j'irais, comme elle,
Revoir aussi le chaume où je suis né.

 Vous, qui passez sous ma sombre fenêtre,
 Allez aux champs, courez cueillir des fleurs !
 Allez ! un jour, jeunes filles, peut-être,
 Ainsi que moi, vous verserez des pleurs !

C'est qu'ici bas, tout bonheur est un rêve ;
C'est que la fleur ne brille qu'un matin.
Chères enfants, puisqu'il faut que j'achève,
C'est qu'à la tombe aboutit tout chemin.

 Vous, qui passez sous ma sombre fenêtre,
 Allez aux champs, courez cueillir des fleurs !
 Allez ! un jour, jeunes filles, peut-être,
 Ainsi que moi, vous verserez des pleurs !

   (Prison de Bourges, avril 1850.)

## LES RÊVES D'AMOUR.

« J'étais un soir assis près d'elle,
« Et nous causions tout bas de nos amours ;
    « Je lui jurais d'être fidèle :
« De n'aimer qu'elle, et de l'aimer toujours.
« Rêves brillants, qui berçâtes mon âme
« En ce moment d'un si doux avenir,
« Rêves, doit-elle un jour être ma femme ?
« Rêves, le temps doit-il vous accomplir ? »


    « Je m'éloignai plein de tristesse
« Quand, dans les cieux blanchit l'aube du jour ;
    « Emportant pour toute richesse
« Son seul portrait, gage sacré d'amour.
» Depuis, mon cœur ne connut d'autre flamme ;
« D'un souffle impur j'eus craint de le tenir,
« Rêves, doit-elle un jour être ma femme ?
« Rêves, le temps doit-il vous accomplir ? »


    Deux ans après dans le village
Revint un soir le pauvre voyageur ;
    Il apprit que, fille volage,
Sa fiancée avait donné son cœur.
Sans murmurer, sans maudire l'infâme,
Il dit tout bas, mais avec un soupir :
« Jamais, jamais tu ne seras ma femme ;
« Rêves, le temps ne peut vous accomplir, »

Plus tard du vallon solitaire
Le pâtre ouït la cloche du hameau :
    « C'est quelque mort qu'on porte en terre,
« La paix de Dieu, dit-il, soit au tombeau, »
Puis apprenant un jour quelle était l'âme
Qui naguère au ciel venait de partir,
Il ajouta : « Rêves d'amour, de femme,
« Ainsi le temps doit tous vous accomplir. »

---

## LA JEUNE FEMME MALADE.

### A MON AMI COMMAILLE, DOCTEUR-MÉDECIN.

AIR : *Za, za, za, la papa.*

Je n'avions qu'une fille unique
Faisant la joie et le bonheur
    De not'cœur ;
Elle était jeune et magnifique :
    La pauvre enfant
  Est malade à présent,
Il faut, docteur, que j'vous explique
    D'où lui vient c'mal
  Que j'crois original ;
  Oui bien original,
  Et très-original.

l'aura deux ans au mois d'septembre,
Un grand flandrin en habit noir

Vint la voir ;
Je le fis entrer dans sa chambre :
Là, le menteur
Jura d'fair'son bonheur.
On fit la noce au mois d'décembre.
Huit jours après,
J'avions bien des regrets,
Diablement des regrets
Et de fameux regrets,

Loin de rendre sa femme heureuse,
Not'gendre qui n'avait pas d'cœur
Ni d'honneur,
La délaissa, c'est chose affreuse,
Et de dépit
Not'fille dépérit :
C'est donc un tombeau qu'il lui creuse :
Il est certain
Quelle se meurt de chagrin ;
Elle a bien du chagrin,
Elle a trop de chagrin.

Plongé chaque jour dans l'ivresse,
Hébété d'orgie et de vin,
Vil crétin,
Il va profaner sa tendresse
A des guenons
Sans pudeur et sans noms;
Puis aux jésuit's il se confesse,
De ces gens-là
Qui nous délivrera ?

Qui nous délivrera
Des fils de Loyola ?

Vous comprenez bien que not'fille
Qui s'trouvait heureuse cheux nous
　　　Sans époux,
Maint'nant regrette sa famille,
　　　Ses frèr's et sœurs
　　Qui l'aimions d'tout leurs cœurs.
De colère la tète me petille ;
　　　Tenez, docteur,
　　J'avons bien du malheur,
　　Oh ! oui bien du malheur,
　　Diablement du malheur.

Vous qu'êtes un médecin habile,
Un chirurgien de grand renom
　　　Me dit-on,
Dit's-moi si ce n'est pas la bile
　　　Ou bien le sang
　　Qui fait mal à c't enfant ;
Faut-il lui fair' quitter la ville ?
　　　L'air de cheux nous
　　Est plus pur et plus doux ;
　　Il est pur et bien doux,
　　Oui bien pur et bien doux,

Le docteur en hochant la tête,
Répondit à c'bon paysan
　　　Simplement :

La santé d'vot fille est parfaite,
        Mon pauvre vieux,
    Elle est on ne peut mieux.
Son époux est une sal' bête ;
        Sans craindre rien,
    Pour elle, aimez-la bien,
    Toujours aimez-la bien,
    Surtout, aimez-la bien.

( Prison de Bourges, maars 1850.)

---

## HEUREUX EN PRISON.

Air : *J'ai pris goût à la République.*

A travers ces barreaux, ces grilles,
Pénètre un rayon de soleil ;
J'entends au loin de jeunes filles
Dont les chants troublent mon sommeil.
Le printemps réchauffe la terre ;
Des amours voici la saison.
Moi, qui veux vivre en solitaire,
Que je suis heureux en prison !

Je suis enclin au bavardage,
Et dis crûment la vérité :
Je ferais un mauvais usage,
Hors d'ici de ma liberté.
Peut-être que croyant bien faire,
J'engagerais Napoléon

A retourner.... mieux vaut se taire :
Que je suis heureux en prison !


Le bon vin n'est ni cher ni rare,
Malgré leurs impôts, leurs commis ;
Qu'on s'aborde ou qu'on se sépare,
On en boit avec les amis.
Parfois, il fait tourner la tête,
Et parfois perdre la raison;
Moi, je préfère la piquette :
Que je suis heureux en prison !


Aux durs labeurs de la semaine,
Succède un dimanche joyeux ;
On chante, on rit, on se promène :
Tous sont contents, tous sont heureux;
Pourtant plus d'un, le soir, malade
S'en revient triste à la maison ;
Je n'aime pas la promenade :
Que je suis heureux en prison !


On m'a dit que de ministère
Napoléon aime à changer ;
Qu'il a mis d'Hautpoul à la guerre ;
Qu'il a repris Léon Faucher.
Le peuple est las de ces parades,
Et le dit tout haut, sans façon.
Je n'aime point les mascarades :
Que je suis heureux en prison !

Amis, quel étrange murmure
Les vents ici m'ont apporté :
Des rois déchus, la race impure
Veut étouffer la liberté.
Peuple, relève un peu la tête ;
Arme ta main d'un gros bâton
Et.... va voter, cours, l'urne est prête :
Que je suis heureux en prison !

(Prison de Bourges, 9 mars 1850.)

## LA VIEILLE CANTINIÈRE.

Air : *La Catacoua.*

Je possédais dans mon jeune âge
Des trésors maintenant flétris ;
De mes appas, sous mon corsage,
Il ne reste que les débris ;
J'avais aussi taille parfaite,
De jolis bras fermes et ronds,
Des cheveux blonds,
Des yeux fripons,
La jambe fine et les deux pieds mignons,
Et j'aurais fait tourner la tête
A dix régiments de dragons.

Maman me défendait la danse,
Et souvent tout bas me disait :
« Au bal, on perd son innocence ; »

Mais quand le dimanche arrivait,
A danser j'étais toujours prête
Longtemps avant les violons ;
    Mes cheveux blonds
    Mes yeux fripons,
Ma jambe fine et mes deux pieds mignons
    Auraient bien fait tourner la tête
    A dix régiments de dragons.


Le curé me disait : « Ma chère,
« Cachez mieux vos mollets que ça. »
Mais en sortant du presbytère,
Je lui faisais : tra la la la. (*un pied de nez*)
Quand on a la jambe bien faite,
On peut lever ses cotillons.
    Mes cheveux blonds,
    Mes yeux fripons,
Ma jambe fine et mes deux pieds mignons
    Auraient bien fait tourner la tête
    Au curé tout comme aux dragons.


Aujourd'hui si, par sa baguette,
Quelque magicien me rendait
Tous les trésors que je regrette,
Comme autre fois, on me verrait,
Amoureuse et franche grisette,
Les prodiguer et sans façons :
    Mes cheveux blonds,
    Mes yeux fripons,
Ma jambe fine et mes deux pieds mignons

Feraient encoc tourner la tête
A dix régiments de dragons

( 1845.)

---

## AMERTUME.

Air : *C'est à table quand je m'enivre.*

Si vous l'aviez voulu, Marie,
Je n'aurais point par des douleurs
Senti ma jeunesse flétrie ;
Je n'aurais point versé de pleurs ;
Mon pâle front serait vierge de ride
Et mon printemps follement dépensé,
Même en vertus ne serait point aride,
Hélas ! pourquoi m'avez-vous délaissé ?

Vous étiez ma seule richesse,
Mon seul espoir, mon seul bonheur,
La croyance de ma jeunesse,
La douce idole de mon cœur.
Et maintenant, je pleure solitaire
Les rêves d'or dont l'amour m'a bercé ;
Je n'attends plus de bonheur sur la terre,
Hélas ! pourquoi m'avez-vous délaissé ?

Je marche avec indifférence
Dans cette vie, — affreux désert,—

Sans regrets et sans espérance :
Pour espérer, j'ai trop souffert.
Et nos regrets jamais ne font renaître
Notre bonheur une fois effacé ;
Mais vous, Marie, un jour, direz peut-être ;
« Hélas ! pourquoi l'ai-je ainsi délaissé ? »

(1845.)

## SCÈNE DE CABARET.

AIR : *Chers enfants, dansez, dansez.*

Hôtesse, apportez du vin :
Une ardente
Soif me tourmente.
Morbleu ! je demande en vain
Qu'on m'apporte du vin.

Je n'ai vidé qu'une bouteille,
Bien que levé dès le matin,
Et je n'en avais bu la veille
Qu'une double avec un voisin.
La vigne est magnifique
Là-bas sur nos côteaux ;
De grand cœur je m'applique
A vider les tonneaux.

Hôtesse, apportez du vin ;
Une ardente
Soif me tourmente.
Morbleu ! je demande en vain
Qu'on m'apporte du vin.


Ah ça, mais vous restez en place
Comme une borne au coin d'un champ ;
Au lieu de faire la grimace,
Servez-moi donc et sur le champ.
Remplissez ma bouteille
D'un Pouilly généreux ;
Vous comprenez, ma vieille :
C'est du bon que je veux.


Hôtessse, apportez du vin :
Une ardente
— Soif me tourmente.
Morbleu ! je demande en vain
Qu'on m'apporte du vin.


Tout moucheron qui dans ma tasse
Tombe du haut de ce plafond
Dans le moment même trépasse
En se brisant la tête au fond.
Il vaut bien mieux qu'il meure
En s'y désaltérant,
Pour qu'à sa dernière heure
Il boive son content.

Hôtesse apportez du vin :
Une ardente
Soif me tourmente,
Morbleu ! je demande en vain
Qu'on m'apporte du vin.


Vous vous taisez, ma soif augmente :
Dites-moi quelque chose enfin ;
Quelle conduite inconvenante !
Avez-vous ou bien non du vin ?
Quoi ! votre cave est veuve !
De ses flacons joyeux ?
Pour en avoir la preuve,
Descendons y tous deux.


Hôtesse apportez du vin :
Une ardente
Soif me tourmente.
Morbleu ! je demande en vain
Qu'on m'apporte du vin.


Alors tout bas la pauvre hôtesse
Répondit : « Pierre, il faut sortir,
« Car on vient de sonner la messe ;
« Les gendarmes pourraient venir.
« La loi défend qu'on vende
« A cette heure du vin,
« Sous peine d'une amende
« Payable au sacristain. »

Hôtesse apportez du vin :
    Une ardente
    Soif me tourmente,
Morbleu ! je demande en vain
Qu'on m'apporte du vin :


Amis cette touchante histoire
Remonte au temps de Charles X.
Je l'ai gravée dans ma mémoire,
Souvenir de ces jours maudits,
    Je vois avec tristesse
    Que nous y retournons :
    Bientôt, pendant la messe,
    Vainement nous dirons :


Hôtesse, apportez du vin
    Une ardente
    Soif nous tourmente.
Hélas ! nous dirons en vain :
Apportez-nous du vin !

---

## ALORS ET MAINTENANT.


Alors vous étiez demoiselle
    Et j'osais vous aimer ;
Alors vous étiez jeune et belle :
    Vous saviez me charmer ;

Mais aujourd'hui vous êtes grande dame,
 Vous portez de riches bijoux ;
Vous avez pour de l'or vendu votre âme,
 Moi, je ne songe plus à vous.

 Te souvient-il, encor, Marie,—
  Ainsi je vous nommais,—
 Que tu juras dans la prairie
  De m'aimer à jamais,
Que je gravai nos deux noms sur un hêtre
 Après les aveux les plus doux ?
Qui sait ?... le temps les respecta peut-être ;
 Moi, je ne songe plus à vous.

 Encore un mot, je vous en prie,
  Sur ces jours d'autrefois.
 Pour un instant, soyez, Marie,
  Attentive à ma voix,
Car je vous aime, et comme la colombe,
 En vous voyant une autre époux,
Je serais mort d'amour si dans la tombe
 J'eus cru pouvoir songer à vous.

        (1845.)

---

## ENTRETIEN FAMILIER.

### A MES AMIS DE NÉRONDES

Air : *Salut, petit cousin germain.*

Pour six bons mois, je suis ici ;
Combien de couplets je vais faire !

Plus qu'un long sermon, Dieu merci
La chanson plaît au prolétaire.
Pauvres diables pour qui j'écris,
A l'ombre d'un bouchon rustique,
Lorsque vous serez réunis,                   } bis.
Criez ; vive la république !

Le dimanche est jour de repos ;
Ainsi Dieu veut, et c'est fort sage ;
Ce jour, en dépit des cagots,
Dans les cabarets au village,
On va rire, boire et chanter ;
Or, suivant un usage antique,
Avant de boire, on doit trinquer,
Trinquez donc à la république,

Vous le savez tous, mes amis,
Je vais rarement à la messe,
Et sans le vouloir je souris
Quand on me parle de confesse ;
Mais le matin en m'éveillant,
Vite à prier Dieu je m'applique,
Et je lui dis dévotement :
Bénissez notre république !

Georges mon fils, n'a que trois ans ;
Son intelligence est sublime :
Comme son père, il hait les blancs,
Et les rouges ont son estime.
Qu'il est heureux le pauvre enfant,
Lorsque de sa voix angélique,

Il m'appelle et, me souriant,
Me dit : j'aime la république !

Nous savons que de leurs déserts
Les cosaques lorgnent la France,
Que parmi nous quelques pervers
Ont mis en eux leur espérance.
Lâches ! s'ils osaient ramener
Chez nous le pouvoir monarchique,
Nous nous ferions tous mitrailler
Pour défendre la république !

(Prison de Bourges, mars 1850.)

## VALLON DE MON ENFANCE.

Après dix ans d'absence,
Enfin je te revois,
Vallon de mon enfance
Regretté tant de fois.
Là, partout je retrouve
Quelque doux souvenir :
C'est du bonheur qu'enfin mon cœur éprouve
Salut, vallon où je reviens mourir.

Voici le banc de pierre
Où bien souvent le soir,
Près de ma bonne mère,
Je suis venu m'asseoir,

4.

L'herbe est fraîche et nouvelle.
Les rosiers vont fleurir ;
Mais bonne mère, en vain je vous appelle :
Salut vallon où je reviens mourir.

Non loin de la chapelle,
Voici le vieux noyer....
Mais j'allais parler d'elle,
Mieux il vaut l'oublier.
Là mon âme joyeuse
Rêva doux avenir ;
Mais, elle est mère : hélas ! elle est heureuse :
Salut vallon où je reviens mourir !

(1846.)

---

## A LA RÉPUBLIQUE SAGE ET HONNÊTE.

AIR : *Tonton, tonton.*

République sage et honnête,
Dont je ris jusques en prison,
Tonton, tonton, tontaine, tonton,
Permets que mon humble musette
Te dédie une humble chanson.
Tonton, tontaine, tonton !

Si, pour chanter, j'avais la lyre
De Béranger ou de Byron,

Tonton, tonton, tontaine, tonton,
De tes vertus je ferais rire
Chaque paysan berrichon.
Tonton, tontaine, tonton.


Mais bien que le champ soit fertile,
J'y glane à peine une chanson
Tonton, tonton, tontaine, tonton,
Avant moi maint confrère habile
Y recueillit riche moisson,
Tonton, tontaine, tonton.


Rassure-toi donc, pauvre vieille :
Je suis au bas de l'Hélicon
Tonton, tonton, tontaine, tonton ;
Repose en paix, et ne t'éveille
Qu'au solennel bruit du canon.
Tonton, tontaine, tonton.


La France, on ne peut plus prospère,
Chaque jour te bénit, dit-on,
Tonton, tonton, tontaine, tonton,
Et te le prouvera, j'espère
A la prochaine élection.
Tonton, tontaine, tonton.


Jusque là ronfle dans la plume,
Couvre-toi d'un mol édredon,
Tonton, tonton, tontaine, tonton,

Et coiffe-toi, crainte de rhume,
D'un épais bonnet de coton.
Tonton, tontaine, tonton.

(Prison de Bourges, mars 1850.)

---

## FUTUR, PRÉSENT, PASSÉ.

AIR : *Si Pauline est dans l'indigence.*

Si rêveur, sortant du village,
Vous rencontrez dès le matin
De blondes enfants sous l'ombrage
Courant et se donnant la main,
Vous irez vers la plus gentille,
Et lui direz : un jour viendra
Où vous *aimerez* jeune fille ;
Alors l'enfant vous sourira.

Sur quelque solitaire rive,
Si, par un beau soir du printemps ,
Vous rencontrez seule et pensive
Brune fillette de seize ans,
Dites lui bas, passant près d'elle :
Votre amant vous épousera ,
Car vous *l'aimez*, mademoiselle;
Et la fillette rêvera,

A la vieille qui va tremblante,
Et dont les attraits sont flétris,
Vous direz : vous fûtes charmante ;
Bien doux était votre souris
Quand vous étiez fraiche et vermeille.
Ce temps jamais ne reviendra :
Vous *avez aimé*, bonne vieille,
Alors la vieille pleurera.

(1845.)

---

### RÉFLEXION.

Air : *T'en souviens-tu.*

Quand tous nos fronts rayonnent d'allégresse,
Quand de nos seins s'exhalent des chansons,
Riches d'espoir, d'amour et de jeunesse,
Pour le plaisir nous nous réunissons ;
Nous ne songeons point, dans notre délire,
Que tôt ou tard il faudra nous quitter,
Que le bonheur qu'ici chacun respire,
Plus d'un ailleurs pourra le regretter.

(1843.)

## LA CONFESSION DU FOU.

Il faut partir, il faut quitter la terre :
La mort étend son voile sur mes yeux ;
De mes péchés absolvez-moi, mon père,
Afin qu'ils soient oubliés dans les cieux.
Ciel ! la raison qui m'est soudain rendue,
  Car je l'avais perdue ;
  On m'avait enfermé :
Je devins fou pour avoir trop aimé.


C'était au bal, mon dieu, qu'elle était belle !
Une voix d'ange, un sourire divin ;
Toute la nuit, je ne rêvai que d'elle :
Je la revis au bal le lendemain.
Mon père, alors, je fis un aveu tendre ;
  Elle daigna l'entendre,
  — Mon cœur fut enflammé :
Que j'ai souffert pour avoir tant aimé !


Rêve brillant que le réveil emporte,
Notre bonheur s'enfuit et sans retour ;
Elle oublia... Mais silence : elle est morte ;
Je la rejoins au céleste séjour.
Mon père, adieu ! bénis ma dernière heure,
  Car il faut que je meure :
  Mon cœur est consumé :
Je vais mourir pour avoir trop aimé !

       (1845.)

# A L'OMBRE DE L'ORMEAU.

### GENRE ANCIEN.

AIR : *Aux jours de mon jeune âge.*

Tout près de mon village,
Il est un vieil ormeau
Au vert et doux feuillage :
Lorsque le temps est beau,
Dimanche et jours de fêtes,
Aux sons du chalumeau,
Dansent garçons, fillettes
A l'ombre de l'ormeau.

J'avais seize ans à peine
Quand sous cet arbre, un soir,
Je vis la jeune Hélène,
Brune fille à l'œil noir.
Lors en mon cœur crédule
Brille un désir nouveau :
Plus chaud mon sang circule
A l'ombre de l'ormeau

Je m'avance vers elle,
Et nous causons bien bas ;
Ce que me dit la belle,
Il ne m'en souvient pas ;

Mais content de moi même,
Je retourne au hameau :
Je suis certain qu'on m'aime
A l'ombre de l'ormeau.

Plus tard de ma chaumière
Le destin m'éloigna ;
A ma douleur amère
Mon cœur se résigna ;
Mais en pleurant, je laisse
Ma mère et mon berceau,
Et ma brune maîtresse
A l'ombre de l'ormeau.

Après trois ans d'absence,
Je revins un beau jour
Le cœur plein d'espérance,
De souvenir, d'amour.
Hélène a pour demeure
Un splendide château,
Et seul, longtemps je pleure
A l'ombre de l'ormeau.

Quoi ! ma brune maîtresse,
Celle que j'aimais tant,
Partage la tendresse
D'un vieillard opulent !
Hélas ! la pauvre femme
Vendit pour un joyau
Son corps, laissant son âme
A l'ombre de l'ormeau.

Aujourd'hui la vieillesse
A blanchi mes cheveux !
Beaux lieux où ma jeunesse
Crut à des jours heureux,
Au poète futile,
Accordez un tombeau,
Qu'il dorme enfin tranquille
A l'ombre de l'ormeau.

(Prison de Bourges, avril 1850.)

## MA MÉTAMORPHOSE.

AIR : *La faridondaine, la faridondon.*

C'est chose étrange, après six mois,
Je ne suis plus le même ;
Jadis je détestais les rois,
Maintenant je les aime ;
J'en voudrais voir un par canton,
La faridondaine, la faridondon,
Pour le bonheur de mon pays,
Biribi,
A la façon de barbari
Mon ami.


Aux fripons ainsi qu'aux blâtiers,
J'ai prodigué l'injure ;
J'ai ri de quelques financiers

Qui pratiquaient l'usure,
Je leur en demande pardon,
La faridondaine, la faridondon ;
Six mois je m'en suis repenti,
Biribi,
A la façon de barbari,
Mon ami.


Aujourd'hui trouvant tout au mieux,
Je me tais et j'admire ;
De nos modernes demi-dieux,
Je ne voudrais plus rire ;
Car si l'on m'a mis en prison,
La faridondaine, la faridondon,
C'est pour en avoir un peu ri,
Biribi,
A la façon de barbari,
Mon ami.


Nos ministres, nos députés
Sont des gens fort-honnêtes,
Qui respectent nos libertés,
Et font des lois parfaites.
Quant à monsieur Napoléon,
La faridondaine, la faridondon,
Je le crois un homme d'esprit,
Biribi,
A la façon de barbari,
Mon ami.

On me rapporte bien souvent
 Que le peuple murmure,
Que partout il est mécontent
 Et fait triste figure ;
Mais le peuple n'a pas raison,
La faridondaine la faridondon,
Car il est heureux aujourd'hui,
 Biribi,
A la façon de barbari,
 Mon ami.


Quoi qu'il advienne maintenant
 Je garde le silence ;
Je veux couler paisiblement
 Mon obscure existence :
Voilà ma dernière chanson,
La faridondaine, la faridondon ;
Je la dédie à Radetski,
 Biribi,
A la façon de barbari,
 Mon ami.



FIN.

# NOTES.

---

(1) Les citoyens Cantin, Pérard aîné, Pérard jeune et
Gillet furent condamnés par le tribunal de Sancerre
chacun à quinze jours de prison, comme distribu-
teurs d'écrits politiques. Le citoyen Gillet avait
donné à l'un de ses amis deux exemplaires de la
foire aux candidats. Cantin et Pérard aîné vinrent
seuls à la prison de Bourges.

(2) Accusés de je ne sais quel crime , ces quatre braves citoyens furent arrêtés et conduits ici. Au bout
de deux mois ils furent relachés. Le ministère pu-
blic déclara qu'il n'y avait pas lieu à poursuivre.
Quelle chance ! Pourtant c'était un peu tard ;
mais, comme dit le proverbe : mieux vaut tard que
jamais.

(3) Desmoineaux et ses amis de Précy furent arrêtés et conduits ici les mains attachées. On les relâcha au bout de deux mois ; il n'y avait pas lieu à poursuivre. Révoqué de ses fonctions de maire par le président de la république, Desmoineaux fut renommé dans le courant de mars dernier à une majorité de dix voix sur onze votans. Quelle leçon !

(4) Foultier de Meillant arrêté pour s'être coiffé d'un bonnet phrygien, fut acquitté par le jury, après un éloquent plaidoyer de M. Servat.

(5) Moreau tailleur à Henrichemont : il fut acquitté.

(6) Michel (de Bourges) condamné par la chambre des pairs, lors du procès des accusés d'avril, à deux mois de prison, subit sa peine dans la chambre que j'occupe. On sait qu'il consacre actuellement sa noble éloquence à défendre les accusés politiques.

(7) J'ai eu l'honneur d'être condamné le 29 janvier dernier à six mois de prison et cent francs d'amende comme auteur d'un pamphlet électoral, ayant pour titre : La foire aux candidats.

(8) Sardanapale, roi d'Assyrie, vivait avec ses femmes et ses concubines dans une continuelle débauche. Las de supporter son joug avilissant, le peuple se révolta, et ce roi lâche et efféminé, n'ayant pas le courage de se défendre, fit dresser un bûcher dans la cour de son palais et s'y brûla avec ses concubines.

(9) Nemrod, surnommé dans les livres sacrés le chasseur d'hommes.

(10) Satrape, gouverneur de province chez les Assyriens.

**FIN DES NOTES.**

Nevers. — Imp. de Regnaudin-Lefebvre.

# CHANTS

DU

# BERRY

PAR

## V. BARON

Detenu politique

### AVEC UNE INTRODUCTION PAR F. PYAT.-

### PRIX DE L'OUVRAGE EN 4 LIVRAISONS : 75 C.

Pour s'en tenir au lot que vous lui faites,
Le pauvre peuple a besoin de chansons.

**BÉRANGER.**

## NEVERS,

TYP. DE REGNAUDIN-LEFEBVRE.

## 1850.

# CHANTS

## DU

# BERRY

### PAR

## V. BARON

Detenu politique

### AVEC UNE INTRODUCTION PAR F, PYAT.

### PRIX DE L'OUVRAGE EN 4 LIVRAISONS : 75 C.

Pour s'en tenir au lot que vous lui faites,
Le pauvre peuple a besoin de chansons.
BÉRANGER.

## NEVERS,

TYP. DE REGNAUDIN-LEFEBVRE.

## 1850.

# AVIS AUX SOUSCRIPTEURS.

Voici la 3ᵉ livraison des CHANTS du BERRY, du citoyen Victor Baron. L'introduction de notre ami Félix Pyat n'ayant pu nous parvenir par la poste, nous la publierons dans une autre livraison, aussitôt que nous l'aurons reçue de l'exilé qui nous a promis de se remettre à l'œuvre immédiatement.

LA 3ᵐᵉ LIVRAISON, CONTIENT LES PIÈCES SUIVANTES :

1° Aux jeunes Filles.
2° Les rêves d'amour.
3° La jeune femme malade.
4° Heureux en prison.
5° La vieille cantinière.
6° Amertume.
7° Scène de cabaret.
8° Alors et maintenant.
9° Entretien familier.

*(Note de l'éditeur.)*

## ON SOUSCRIT :

A St-Amand, chez le citoyen **Porte**, libraire; —— A Bourges, chez le citoyen **Parnajon** fils; —— A Sancerre, chez le citoyen **Gilet**, pharmacien; —— Aux Bourdelyns, chez le citoyen **Commaille**; —— A La Guerche, chez le citoyen **Bitard**, entrepreneur; —— A Dun-s-Auron, chez le citoyen **Hautbraud**, adjoint; —— A Henrichemont, chez le citoyen **Cadet**, pharmacien; —— A Pouilly-s-Loire, chez le citoyen **Dumangin**; —— A Nevers, chez tous les libraires.